Михаил Булгаков

# Собачье сердце

Чудовищная история

―――――――――――

*Hundeherz*

*von*

*Michail Bulgakow*

elv

Булгаков, Михаил / Bulgakow, Michail

**Собачье сердце/ Hundeherz**

russischsprachige Ausgabe

ISBN: 978-3-86267-487-9

Auflage: 1
Erscheinungsjahr: 2012
Erscheinungsort: Bremen, Deutschland
Cover: Ausschnitt aus dem Gemälde von Ilja Repin "Der Hund", 1908.

Europäischer Literaturverlag GmbH, Fahrenheitstr. 1, 28359 Bremen (www.elv-verlag.de).

# I

У-у-у-у-у-гу-гу-гугу-уу! О, гляньте, гляньте на меня, я погибаю! Вьюга в подворотне ревет мне отходную, и я вою с нею. Пропал я, пропал! Негодяй в грязном колпаке — повар столовой нормального питания служащих Центрального Совета Народного Хозяйства — плеснул в меня кипятком и обварил мне левый бок. Какая гадина, а еще пролетарий! Господи, Боже мой, как больно! До костей проело кипяточком. Я теперь вою, вою, вою, да разве воем поможешь?

Чем я ему помешал? Чем? Неужели я обожру Совет Народного Хозяйства, если в помойке пороюсь? Жадная тварь. Вы гляньте когда-нибудь на его рожу: ведь он поперек себя шире. Вор с медной мордой. Ах, люди, люди. В полдень угостил меня колпак кипятком, а сейчас стемнело, часа четыре приблизительно пополудни, судя по тому, как луком пахнет из пожарной Пречистенской команды. Пожарные ужинают кашей, как вам известно. Но это последнее дело, вроде грибов. Знакомые псы с Пречистенки, впрочем, рассказывали, будто бы на Неглинной в ресторане «Бар» едят дежурное блюдо — грибы, соус пикан, по три рубля семьдесят пять копеек порция. Это дело на любителя — все равно, что калошу лизать... У-у-у-у!..

Бок болит нестерпимо, и даль моей карьеры видна мне совершенно отчетливо: завтра появятся язвы, и, спрашивается, чем я их буду лечить? Летом можно смотаться в Сокольники, там есть особенная, очень хорошая трава, а кроме того, нажрешься бесплатно колбасных головок, бумаги жирной набросают граждане, нализнешься. И если б не грымза какая-то, что поет на кругу при луне — «милая Аида» — так, что сердце падает, было бы отлично. А теперь куда же пойдешь? Не били вас в зад сапогом? Били. Кирпичом по ребрам получали? Кушано достаточно. Все испытал, с судьбою своею мирюсь и если плачу сейчас, то только от физической боли и холода, потому что дух мой еще не угас... Живуч собачий дух.

Но вот тело мое, изломанное, битое, надругались над ним люди достаточно. Ведь главное что — как врезал он кипяточком, под шерсть проело, и защиты, стало быть, для левого бока нет никакой. Я очень легко могу получить воспаление легких, а получив его, я, граждане, подохну с голоду. С воспалением легких полагается лежать на парадном ходе под лестницей, а кто же вместо меня, лежащего холостого пса, будет бегать по сорным ящикам в поисках питания? Прохватит легкое, и поползу я на животе, ослабею, и любой спец пришибет меня палкой насмерть. И дворники с бляхами ухватят меня за ноги и выкинут на телегу...

Дворники из всех пролетариев самая гнусная мразь. Человечьи очистки, низшая категория. Повар попадается разный. Например, покойный Влас с Пречистенки. Скольким он жизнь спас! Потому что самое главное — во время болезни перехватить кус. И вот, бывало, говорят старые псы, махнет Влас кость, а на ней с осьмушку мяса. Царство ему небесное за то, что был настоящая личность, барский повар графов Толстых, а не из Совета нормального питания. Что они там вытворяют в нормальном питании, ведь уму собачьему непостижимо! Они же, мерзавцы, из вонючей солонины щи варят, а те, бедняги, ничего и не знают! Бегут, жрут, лакают!

Иная машинисточка получает по девятому разряду четыре с половиной червонца, ну, правда, любовник ей фильдеперсовые чулочки подарит. Да ведь сколько за этот фильдеперс ей издевательств надо вынести. Ведь он ее не каким-нибудь обыкновенным способом, а подвергает французской любви! Сволочи эти французы, между нами говоря. Хоть и лопают богато, да и все с красным вином. Да… Прибежит машинисточка, ведь за 4,5 червонца в «Бар» не пойдешь, ей и на кинематограф не хватает, а кинематограф у женщин единственное утешение в жизни.

Дрожит, морщится, а лопает… Подумать только: 40 копеек из двух блюд, а они оба эти блюда, и пятиалтынного не стоят, потому что остальные 25 копеек заведующий хозяйством уворовал. А ей разве такой стол нужен? У нее и верхушка правого легкого не в порядке, и женская болезнь на французской почве, на службе с нее вычли, тухлятинкой в столовой накормили, вон она, вон она!! Бежит в подворотню в любовниковых чулках. Ноги холодные, в живот дует, потому что шерсть на ней вроде моей, а штаны она носит холодные, так, кружевная видимость. Рвань для любовника. Надень-ка она фланелевые, попробуй. Он и заорет: до чего ты неизящна! Надоела мне моя Матрена, намучился я с фланелевыми штанами, теперь пришло мое времечко. Я теперь председатель, и сколько ни накраду — все, все на женское тело, на раковые шейки, на Абрау-Дюрсо. Потому что наголодался в молодости достаточно, будет с меня, а загробной жизни не существует.

Жаль мне ее, жаль. Но самого себя мне еще больше жаль. Не из эгоизма говорю, о нет, а потому что действительно мы в неравных условиях. Ей-то хоть дома тепло, ну а мне, а мне! Куда пойду! Битый, обваренный, оплеванный, куда же я пойду? У-у-у-у...

— Куть, куть, куть! Шарик, а Шарик!.. Чего ты скулишь бедняжка? А? Кто тебя обидел? Ух...

Ведьма — сухая метель загремела воротами и помелом съездила по уху барышню. Юбчонку взбила до колен, обнажила кремовые чулочки и узкую полосочку плохо стиранного кружевного бельишка, задушила слова и замела пса.

Боже мой... Какая погода... Ух... И живот болит. Это солонина, это солонина! И когда же это все кончится?

Наклонив голову, бросилась барышня в атаку, прорвалась в ворота, и на улице начало ее вертеть, рвать, раскидывать, потом завинтило снежным винтом, и она пропала.

А пес остался в подворотне и, страдая от изуродованного бока, прижался к холодной массивной стене, задохся и твердо решил, что больше отсюда никуда не пойдет, тут и сдохнет в подворотне. Отчаяние повалило его. На душе у него было до того больно и горько, до того одиноко и страшно, что мелкие собачьи слезы, как пупырышки, вылезали из глаз и тут же засыхали. Испорченный бок торчал свалявшимися промерзшими комьями, а между ними глядели красные зловещие пятна от вара. До чего бессмысленны, тупы, жестоки повара. «Шарик» она назвала его! Какой он, к черту, «Шарик»! Шарик — это значит круглый, упитанный, глупый, овсянку жрет, сын знатных родителей, а он лохматый, долговязый и рваный, шляйка поджарая, бездомный пес. Впрочем, спасибо ей на добром слове.

Дверь через улицу в ярко освещенном магазине хлопнула, и из нее показался гражданин. Именно гражданин, а не товарищ, и даже, вернее всего, господин. Ближе — яснее — господин. Вы думаете, я сужу по пальто? Вздор. Пальто теперь очень многие и из пролетариев носят. Правда, воротники не такие, об этом и говорить нечего, но все же издали можно спутать. А вот по глазам, тут уж ни вблизи, ни издали не спутаешь. О, глаза значительная вещь. Вроде барометра. Все видно — у кого великая сушь в душе, кто ни за что ни про что может ткнуть носком сапога в ребра, а кто сам всякого боится. Вот последнего холуя именно и приятно бывает тяпнуть за лодыжку. Боишься — получай. Раз боишься — значит стоишь... Р-р-р... гау-гау...

Господин уверенно пересек в столбе метели улицу и двинулся в подворотню. Да, да, у этого все видно. Этот тухлой солонины лопать не станет, а если где-нибудь ему ее и подадут, поднимет такой скандал, в газеты напишет — меня, Филиппа Филипповича, обкормили!

Вот он, все ближе, ближе. Этот ест обильно и не ворует: этот не станет пинать ногой, но и сам никого не боится, а не боится потому, что вечно сыт. Он умственного труда господин, с культурной остроконечной бородкой и усами седыми, пушистыми и лихими, как у французских рыцарей, но запах по метели от него летит скверный — больницей и сигарой.

Какого же лешего, спрашивается, носило его в кооператив Центрохоза? Вот он рядом... Чего ищет?.. У-у-у-у... Что он мог покупать в дрянном магазинишке, разве ему мало Охотного ряда? Что такое?! Кол-ба-су. Господин, если бы вы видели, из чего эту колбасу делают, вы бы близко не подошли к магазину. Отдайте ее мне!

Пес собрал остаток сил и в безумии пополз из подворотни на тротуар. Вьюга захлопала из ружья над головой, взметнула громадные буквы полотняного плаката «Возможно ли омоложение?».

Натурально возможно. Запах омолодил меня, поднял с брюха, жгучими волнами стеснил двое суток пустующий желудок, запах, победивший больницу, райский запах рубленой кобылы с чесноком и перцем. Чувствую, знаю — в правом кармане шубы у него колбаса! Он надо мной. О, мой властитель! Глянь на меня — я умираю! Рабская наша душа, подлая доля!

Пес пополз, как змея на брюхе, обливаясь слезами. Обратите внимание на поварскую работу. Но ведь вы ни за что не дадите. Ох, знаю я очень хорошо богатых людей! А в сущности, зачем она вам? Для чего вам гнилая лошадь? — Нигде кроме такой отравы не получите, как в Моссельпроме. А вы сегодня завтракали, вы величина мирового значения, благодаря мужским половым железам... У-у-у-у...

Что ж это делается на белом свете? Видно помирать-то еще рано, а отчаяние — и подлинно грех? Руки ему лизать — больше ничего не остается.

Загадочный господин наклонился ко псу, сверкнул золотыми ободками глаз и вытащил из правого кармана белый продолговатый сверток. Не снимая коричневых перчаток, размотал бумагу, которой тотчас овладела метель, и отломил кусок колбасы, называемой «Особенная краковская». И псу этот кусок! О, бескорыстная личность. У-у-у!

— Фить-фить, — посвистел господин и добавил строжайшим голосом: — Бери! Шарик, Шарик.

Опять «Шарик»! Окрестили! Да называйте, как хотите. За такой исключительный ваш поступок...

Пес мгновенно оборвал кожуру, с всхлипыванием вгрызся в краковскую и сожрал ее в два счета. При этом подавился колбасой и снегом до слез, потому что от жадности едва не заглотал веревочку. Еще, еще лижу вам руку. Целую штаны, мой благодетель!

— Будет пока что, — господин говорил отрывисто, точно командовал. Он наклонился к Шарику, пытливо глянул ему в глаза и неожиданно провел рукой в перчатке интимно и ласково по шарикову животу.

— А-га, — многозначительно молвил он, — ошейника нету, ну вот и прекрасно, тебя-то мне и надо. Ступай за мной. — Он пощелкал пальцами. — Фить-фить!

За вами идти? Да на край света, пинайте меня вашими фетровыми ботинками, я слова не вымолвлю.

По всей Пречистенке сияли фонари. Бок болел нестерпимо, но Шарик временами забывал о нем, поглощенный одной мыслью, как бы не утратить в сутолоке чудесного видения в шубе и чем-нибудь выразить ему любовь и преданность. И раз семь на протяжении Пречистенки до Обухова переулка он ее выразил. Поцеловал в ботик, у Мертвого переулка, расчищая дорогу, диким воем так напугал какую-то даму, что она села на тумбу, раза два подвыл, чтобы поддержать жалость к себе.

Какой-то сволочной, под сибирского деланный кот-бродяга вынырнул из-за водосточной трубы и, несмотря на вьюгу, учуял краковскую. Пес Шарик света не взвидел при мысли, что богатый чудак, подбирающий раненых псов в подворотне, чего доброго, и этого вора прихватит с собой, и придется делиться моссельпромовским изделием. Поэтому на кота он так лязгнул зубами, что тот с шипением, похожим на шипение дырявого шланга, взодрался по трубе до второго этажа. Ф-р-р-р... гау...

вон! Не напасешься Моссельпрома на всякую рвань, шляющуюся по Пречистенке!

Господин оценил преданность и у самой пожарной команды, у окошка, из которого слышалось приятное ворчание волторны, наградил пса вторым куском, поменьше, золотников на пять.

Эх, чудак. Это он меня подманивает. Не беспокойтесь, я и сам никуда не уйду. За вами буду двигаться, куда ни прикажете.

— Фить-фить-фить, сюда!

В Обухов? Сделайте одолжение. Очень хорошо известен нам этот переулок.

— Фить-фить!

Сюда? С удово... Э, нет! Позвольте. Нет! Тут швейцар. А уж хуже этого ничего нет на свете. Во много раз опаснее дворника. Совершенно ненавистная порода. Гаже котов. Живодер в позументе!

— Да не бойся ты, иди.

— Здравия желаю, Филипп Филиппович.

— Здравствуйте, Федор.

Вот это личность! Боже мой, на кого же ты нанесла меня, собачья моя доля! Что это такое за лицо, которое может псов с улицы мимо швейцара вводить в дом жилищного товарищества? Посмотрите, этот подлец ни звука, ни движения. Правда, в глазах у него пасмурно, но в общем он равнодушен под околышком с золотыми галунами. Словно так и полагается. Уважает, господа, до чего же уважает! Ну-с, а я с ним и за ним. Что, тронул? Выкуси. Вот бы тяпнуть за пролетарскую мозолистую ногу. За все издевательства вашего брата. Щеткой сколько раз морду уродовал мне, а?

— Иди, иди.

Понимаем, понимаем, не извольте беспокоится. Куда вы, туда и мы. Вы только дорожку указывайте, а я уж не отстану, несмотря на отчаянный мой бок.

С лестницы вниз:

— Писем мне, Федор, не было?

Снизу на лестницу, почтительно:

— Никак нет, Филипп Филиппович (интимно, вполголоса вдогонку), в третью квартиру жилтоварищей вселили.

Важный песий благотворитель круто обернулся на ступеньке и, перегнувшись через перила, в ужасе спросил:

— Ну-у?

Глаза его округлились, и усы встали дыбом.

Швейцар снизу задрал голову, приладил ладошку к губам и подтвердил:

— Точно так. Целых четыре штуки.

— Бо-же мой! Воображаю, что теперь будет в квартире. Ну и что ж они?

— Да ничего-с!

— А Федор Павлович?

— За ширмами поехали и за кирпичом. Перегородки будут ставить.

— Черт знает что такое!

— Во все квартиры, Филипп Филиппович, будут вселять, кроме вашей. Сейчас собрание было, постановление вынесли, новое товарищество. А прежних в шею.

— Что делается. Ай-яй-яй. Фить-фить...

Иду-с, поспешаю. Бок, извольте ли видеть, дает себя знать. Разрешите лизнуть сапожок.

Галун швейцара скрылся внизу. На мраморной площадке повеяло теплом от труб, еще раз повернули, и вот — бельэтаж.

## II

Учиться читать совершенно ни к чему, когда мясо и так пахнет за версту. Тем не менее, ежели вы проживаете в Москве и хоть какие-нибудь мозги у вас в голове имеются, вы волей-неволей выучитесь грамоте, и притом без всяких курсов. Из шестидесяти тысяч московских псов разве уж какой-нибудь совершенный идиот не умеет сложить из букв слово «колбаса».

Шарик начал учиться по цветам. Лишь только ему исполнилось четыре месяца, по всей Москве развесили зелено-голубые вывески с надписью «МСПО. Мясная торговля». Повторяем, что все это ни к чему, потому что и так мясо слышно. И путаница раз произошла: равняясь по голубоватому едкому цвету, Шарик, обоняние которого зашиб бензинным дымом мотор, вкатил вместо мясной в магазин электрических принадлежностей братьев Голубизнер на Мясницкой улице. Там у братьев пес отведал изолированной проволоки, а она будет почище извозчичьего кнута. Этот знаменитый момент и следует считать началом шариковского образования. Уже на тротуаре, тут же, Шарик начал соображать, что «голубой» не всегда означает «мясной», и, зажимая от жгучей боли хвост между задними лапами и воя, припомнил, что во всех мясных первой слева стоит золотая или рыжая раскоряка, похожая на санки — «М».

Далее пошло еще успешнее. «А» он выучил в «Главрыбе», на углу Моховой, а потом «Б» (подбегать ему было удобнее с хвоста слова рыба, потому что в начале слова стоял милиционер).

Изразцовые квадратики, облицовывавшие угловые места в Москве, всегда и неизбежно означали «С-ы-р». Черный кран от самовара, возглавлявший слово, обозначал бывшего хозяина Чичкина, горы голландского красного, зверей-приказчиков, ненавидевших собак, опилки на полу и гнуснейший, дурно пахнущий сыр бакштейн.

Если играли на гармонике, что было немногим лучше «милой Аиды», и пахло сосисками, первые буквы на белых плакатах чрезвычайно удобно складывались в слово «неприли...», что значило «неприличными словами не выражаться и на чай не давать». Здесь порою винтом закипали драки, людей били кулаком по морде, правда, в редких случаях, псов же постоянно — салфетками или сапогами.

Если в окнах висели несвежие окорока ветчины и лежали мандарины... гау-гау... га... строномия. Если темные бутылки с плохой жидкостью... Ве-и-ви-нэ-а-вина... Елисеевы братья бывшие.

Неизвестный господин, притащивший пса к дверям своей роскошной квартиры, помещавшейся в бельэтаже, позвонил, а пес тотчас же поднял глаза на большую черную с золотыми буквами карточку, висящую сбоку широкой застекленной волнистым и розовым стеклом двери. Три первых буквы он сложил сразу: «Пэ-рэ-о — Про». Но дальше шла пузатая двубокая дрянь, неизвестно что обозначающая.

«Неужели пролетарий? — подумал Шарик с удивлением, — быть этого не может». Он поднял нос кверху, еще раз обнюхал шубу и уверенно подумал: «Нет, здесь пролетарием и не пахнет. Ученое слово, а Бог его знает, что оно значит».

За розовым стеклом вспыхнул неожиданный и радостный свет, еще больше оттенив черную карточку. Дверь совершенно бесшумно распахнулась, и молодая красивая женщина в белом фартучке и кружевной наколке предстала перед псом и господином. Первого из них обдало божественным теплом, и юбка женщины запахла, как ландыш.

«Вот это да. Это я понимаю», — подумал пес.

— Пожалуйте, господин Шарик, — иронически пригласил господин, и Шарик благоговейно пожаловал, вертя хвостом.

Великое множество предметов загромождало богатую переднюю. Тут же запомнилось зеркало до самого пола, немедленно отразившее второго истасканного и рваного Шарика, страшные оленьи рога в высоте, бесчисленные шубы и калоши и опаловый тюльпан с электричеством под потолком.

— Где же вы такого взяли, Филипп Филиппович? — улыбаясь спрашивала женщина и помогала снимать тяжелую шубу на черно-бурой лисе с синеватой искрой, — батюшки, до чего паршивый!

— Вздор говоришь. Где ж он паршивый? — строго и отрывисто спрашивал господин.

По снятии шубы он оказался в черном костюме английского сукна, и на животе у него радостно и неярко засверкала золотая цепь.

— Погоди-ка, не вертись, фить... да не вертись, дурачок. Гм... Это не парши... да стой ты, черт... гм... А-а! Это ожог. Какой же негодяй тебя обварил? А? Да стой ты смирно!..

«Повар-каторжник, повар!» — жалобными глазами молвил пес и слегка подвыл.

— Зина! — скомандовал господин, — в смотровую его сейчас же и мне халат!

Женщина посвистела, пощелкала пальцами, и пес, немного поколебавшись, последовал за ней. Они вдвоем попали в узкий, тускло освещенный коридор, одну лакированную дверь миновали, пришли в конец, а затем проникли налево и оказались в темной комнате, которая мгновенно не понравилась псу своим зловещим запахом. Тьма щелкнула и превратилась в ослепительный день, причем со всех сторон засверкало, засияло и забелело.

«Э, нет... — мысленно взвыл пес, — извините, не дамся! Понимаю, о черт бы взял их и с колбасой! Это меня в собачью лечебницу заманили. Сейчас касторку заставят жрать и весь бок изрежут ножиками, а до него и так дотронуться нельзя!»

— Э нет, куда?! — закричала та, которую звали Зиной.

Пес извернулся, спружинился и вдруг ударил в дверь здоровым правым боком так, что хрястнуло по всей квартире. Потом, отлетев назад, закрутился на месте, как кубарь под кнутом, причем вывернул на пол белое ведро, из которого разлетелись комья ваты. Во время верчения кругом него порхали стены, уставленные шкафами с блестящими инструментами, запрыгал белый передник и искаженное женское лицо.

— Куда ты, черт лохматый?.. — кричала отчаянно Зина, — вот окаянный!

«Где у них черная лестница?..» — соображал пес. Он размахнулся и комком ударил наобум о стекло, в надежде, что это вторая дверь. Туча осколков вылетела с громом и звоном, выпрыгнула пузатая банка с рыжей гадостью, которая мгновенно залила пол и завоняла. Настоящая дверь распахнулась.

— Стой! С-скотина, — кричал господин, прыгая в халате, надетом на один рукав, и хватая пса за ноги.
— Зина, держи его за шиворот, мерзавца!
— Ба... Батюшки! Вот так пес!

Еще шире распахнулась дверь, и ворвалась еще одна личность мужского пола в халате. Давя битые стекла, она кинулась не ко псу, а к шкафу, раскрыла его и всю комнату наполнила сладким и тошным запахом. Затем личность навалилась на пса сверху животом, причем пес с увлечением тяпнул ее повыше шнурков на ботинке. Личность охнула, но не потерялась. Тошнотворная мерзость неожиданно перехватила дыхание пса, и в голове у него завертелось, потом ноги отвалились, и он поехал куда-то криво и вбок. «Спасибо, кончено, — мечтательно думал он, валясь прямо на острые стекла. — Прощай, Москва! Не видать мне больше Чичкина, и пролетариев, и краковской колбасы! Иду в рай за собачье долготерпение. Братцы, живодеры, за что ж вы меня?»

И тут он окончательно завалился на бок и издох.

Когда он воскрес, у него легонько кружилась голова, и чуть-чуть тошнило в животе, бока же как будто и не было, бок сладостно молчал. Пес приоткрыл правый томный глаз и краем его увидел, что он туго забинтован поперек боков и живота. «Все-таки отделали, сукины дети, — подумал он смутно, — но ловко, надо отдать им справедливость».

— «От Севильи до Гренады... в тихом сумраке ночей», — запел над ним рассеянный и фальшивый голос.

Пес удивился, совсем открыл оба глаза и в двух шагах увидел мужскую ногу на белом табурете. Штанина и кальсоны на ней были поддернуты, и голая желтая голень вымазана засохшей кровью и йодом.

«Угодники! — подумал пес. — Это, стало быть, я его кусанул. Моя работа. Ну, будут драть!»

— «Р-раздаются серенады, раздается стук мечей!» Ты зачем, бродяга, доктора укусил? А? Зачем стекло разбил? А?..

— У-у-у, — жалобно заскулил пес.

— Ну ладно. Опомнился и лежи, болван.

— Как это вам удалось, Филипп Филиппович, подманить такого нервного пса? — спросил приятный мужской голос, и триковая кальсона откатилась книзу. Запахло табаком, и в шкафу зазвенели склянки.

— Лаской-с. Единственным способом, который возможен в обращении с живым существом. Террором ничего поделать нельзя с животным, на какой бы ступени развития оно ни стояло. Это я утверждал, утверждаю и буду утверждать. Они напрасно думают, что террор им поможет. Нет-с, нет-с, не поможет, какой бы он ни был: белый, красный или даже коричневый! Террор совершенно парализует нервную систему. Зина! Я купил этому прохвосту краковской колбасы на один рубль сорок копеек. Потрудитесь накормить его, когда его перестанет тошнить.

Захрустели выметаемые стекла, и женский голос кокетливо заметил:

— Кра-ковской! Господи, да ему надо было купить на двугривенный в мясной обрезков. Краковскую колбасу я сама лучше съем.

— Только попробуй. Я тебе съем! Это отрава для человеческого желудка. Взрослая девушка, а, как ребенок, тащит в рот всякую гадость. Не сметь! Предупреждаю: ни я, ни доктор Борменталь не будем с тобой возиться, когда у тебя живот схватит... «Все, кто скажет, что другая здесь равняется с тобой...»

Мягкие дробные звоночки сыпались в это время по всей квартире, а в отдалении из передней то и дело слышались голоса. Зазвенел телефон. Зина исчезла.

Филипп Филиппович бросил окурок папиросы в ведро, застегнул халат, перед зеркальцем на стене расправил пушистые усы и окликнул пса:

— Фить-фить. Ну, ничего, ничего! Идем принимать.

Пес поднялся на нетвердые ноги, покачался и подрожал, но быстро оправился и пошел следом за развевающейся полой Филиппа Филипповича. Опять пес пересек узкий коридор, но теперь увидел, что он ярко освещен сверху розеткой. Когда же открылась лакированная дверь, он вошел с Филипп Филипповичем в кабинет, и тот ослепил пса своим убранством. Прежде всего он весь полыхал светом: горело под лепным потолком, горело на столе, горело на стене, и в стеклах шкафов. Свет заливал целую бездну предметов, из которых самым занятным оказалась громадная сова, сидящая на стене на суку.

— Ложись, — приказал Филипп Филиппович.

Противоположная резная дверь открылась, вошел тот, тяпнутый, оказавшийся теперь в ярком свете очень красивым, молодым, с черной острой бородкой, подал лист и, молвив:

— Прежний... — тотчас бесшумно исчез, а Филипп Филиппович, распростерши полы халата, сел за громадный письменный стол и сразу сделался необыкновенно важным и представительным.

«Нет, это не лечебница, куда-то в другое место я попал, — в смятении подумал пес и привалился на ковровый узор у тяжелого кожаного дивана, — а сову эту мы разъясним...»

Дверь мягко открылась, и вошел некто, настолько поразивший пса, что он тявкнул, но очень робко.

— Молчать! Ба-ба-ба, да вас узнать нельзя, голубчик!

Вошедший очень почтительно и смущенно поклонился Филиппу Филипповичу.

— Хи-хи... Вы маг и чародей, профессор, — сконфуженно вымолвил он.

— Снимайте штаны, голубчик, — скомандовал Филипп Филиппович и поднялся.

«Господи Иисусе, — подумал пес, — вот так фрукт!»

На голове у фрукта росли совершенно зеленые волосы, а на затылке они отливали ржавым табачным цветом. Морщины расползались на лице у фрукта, но цвет лица был розовый, как у младенца. Левая нога не сгибалась, ее приходилось волочить по ковру, зато правая прыгала, как у детского щелкуна. На борту великолепнейшего пиджака, как глаз, торчал драгоценный камень.

От интереса у пса даже прошла тошнота.

— Тяу, тяу... — он легонько потявкал.

— Молчать! Как сон, голубчик?

— Хе-хе! Мы одни, профессор? Это неописуемо, — конфузливо заговорил посетитель. — Пароль д'оннер — двадцать пять лет ничего подобного, — субъект взялся за пуговицу брюк, — верите ли, профессор, каждую ночь обнаженные девушки стаями. Я положительно очарован. Вы — кудесник.

— Хм, — озабоченно хмыкнул Филипп Филиппович, всматриваясь в зрачки гостя.

Тот совладал наконец с пуговицами и снял полосатые брюки. Под ними оказались невиданные никогда кальсоны. Они были кремового цвета, с вышитыми на них шелковыми черными кошками, и пахли духами.

Пес не вынес кошек и гавкнул так, что субъект подпрыгнул.

— Ай!

— Я тебя выдеру! Не бойтесь, он не кусается.

«Я не кусаюсь?» — удивился пес.

Из кармана брюк вошедший выронил на ковер маленький конвертик, на котором была изображена красавица с распущенными волосами. Субъект подпрыгнул, наклонился, подобрал его и густо покраснел.

— Вы, однако, смотрите, — предостерегающе и хмуро сказал Филипп Филиппович, грозя пальцем, — вы все-таки смотрите, не злоупотребляйте!

— Я не зло... — смущенно забормотал субъект, продолжая раздеваться, — я, дорогой профессор, только в виде опыта.

— Ну, и что же, какие результаты? — строго спросил Филипп Филиппович.

Субъект в экстазе махнул рукой.

— Двадцать пять лет, клянусь Богом, профессор, ничего подобного. Последний раз в 1899 году в Париже на рю де ла Пэ.

— А почему вы позеленели?

Лицо пришельца затуманилось.

— Проклятая «Жиркость»! Вы не можете себе представить, профессор, что эти бездельники подсунули мне вместо краски. Вы только погладите, — бормотал субъект, ища глазами зеркало. — Ведь это же ужасно! Им морду нужно бить! — свирепея, добавил он. — Что ж мне теперь делать, профессор? — спросил он плаксиво.

— Хм... Обрейтесь наголо.

— Профессор, — жалобно воскликнул посетитель, — да ведь они же опять седые вырастут! Кроме того, мне на службу носа нельзя будет показать, я и так уж третий день не езжу. Приходит машина, я ее отпускаю. Эх, профессор, если б вы открыли способ, чтобы и волосы омолаживать!

— Не сразу, не сразу, мой дорогой, — бормотал Филипп Филиппович.

Наклоняясь, он блестящими глазками исследовал голый живот пациента:

— Ну, что ж — прелестно, все в полном порядке. Я даже не ожидал, сказать по правде, такого результата. «Много крови, много песен...» Одевайтесь, голубчик!

— «Я же той, кто всех прелестней!..» — дребезжащим, как сковорода, голосом подпел пациент и, сияя, стал одеваться. Приведя себя в порядок, он, подпрыгивая и распространяя запах духов, отсчитал Филипп Филипповичу пачку денег и нежно стал жать ему обе руки.

— Две недели можете не показываться, — сказал Филипп Филиппович, — но все-таки прошу вас: будьте осторожны.

— Профессор, — из-за двери в экстазе воскликнул голос, — будьте совершенно спокойны, — он сладостно хихикнул и пропал.

Рассыпной звоночек пролетел по квартире, лакированная дверь открылась, вошел тяпнутый, вручил Филиппу Филипповичу листок и заявил:

— Годы показаны неправильно. Вероятно, 54–55. Тоны сердца глуховаты.

Он исчез и сменился шуршащей дамой в лихо заломленной на бок шляпе и со сверкающим колье на вялой и жеваной шее. Страшные черные мешки сидели у нее под глазами, а щеки были кукольно-румяного цвета.

Она очень сильно волновалась.

— Сударыня! Сколько вам лет? — очень сурово спросил ее Филипп Филиппович.

Дама испугалась и даже побледнела под коркой румян.

— Я, профессор... Клянусь, если бы вы знали, какая у меня драма...

— Лет вам сколько, сударыня? — еще суровее повторил Филипп Филиппович.

— Честное слово... Ну, сорок пять.

— Сударыня, — возопил Филипп Филиппович, — меня ждут. Не задерживайте, пожалуйста. Вы же не одна!

Грудь дамы бурно вздымалась.

— Я вам одному, как светилу науки, но клянусь — это такой ужас...

— Сколько вам лет?! — яростно и визгливо спросил Филипп Филиппович, и очки его блеснули.

— Пятьдесят один! — корчась от страху, ответила дама.

— Снимайте штаны, сударыня, — облегченно молвил Филипп Филиппович и указал на высокий белый эшафот в углу.

— Клянусь, профессор, — бормотала дама, дрожащими пальцами расстегивая какие-то кнопки на поясе, — этот Мориц... Я вам признаюсь, как на духу...

— «От Севильи до Гренады!..» — рассеянно запел Филипп Филиппович и нажал педаль в мраморном умывальнике. Зашумела вода.

— Богом клянусь! — говорила дама, и живые пятна сквозь искусственные продирались на ее щеках. — Я знаю, это моя последняя страсть. Ведь это такой негодяй! О, профессор! Он — карточный шулер, это знает вся Москва. Он не может пропустить ни одной гнусной модистки. Ведь он так дьявольски молод! — Дама бормотала и выбрасывала из-под шумящих юбок скомканный кружевной клок.

Пес совершенно затуманился, и все в голове у него пошло кверху ногами.

«Ну вас к черту, — мутно подумал он, положил голову на лапы и задремал от стыда, — и стараться не буду понять, что это за штука, — все равно не пойму».

Очнулся он от звонка и увидел, что Филипп Филиппович швырнул в таз какие-то сияющие трубки.

Пятнистая дама, прижимая руки к груди, с надеждой глядела на Филиппа Филипповича. Тот важно нахмурился и, сев за стол, что-то записал.

— Я вам, сударыня, вставлю яичники обезьяны, — объявил он и посмотрел строго.

— Ах, профессор, неужели обезьяны?

— Да, — непреклонно ответил Филипп Филиппович.

— Когда же операция? — бледная и слабым голосом спрашивала дама.

— «От Севильи до Гренады...» Угум... в понедельник. Ляжете в клинику с утра, мой ассистент приготовит вас.

— Ах, я не хочу в клинику. Нельзя ли у вас, профессор?

— Видите ли, у себя делаю операции лишь в крайних случаях. Это будет стоить очень дорого — пятьдесят червонцев.

— Я согласна, профессор!

Опять загремела вода, колыхнулась шляпа с перьями, потом появилась какая-то лысая, как тарелка, голова и обняла Филиппа Филипповича. Пес дремал, тошнота прошла, пес наслаждался утихшим боком и теплом, даже всхрапнул и успел увидать кусочек приятного сна: будто он вырвал у совы целый пук перьев из хвоста... потом взволнованный голос тявкнул над головой:

— Я известный общественный деятель, профессор! Что же теперь делать?

— Господа! — возмущенно кричал Филипп Филиппович. — Нельзя же так! Нужно сдерживать себя. Сколько ей лет?

— Четырнадцать, профессор... Вы понимаете, огласка погубит меня. На днях я должен получить командировку в Лондон.

— Да ведь я же не юрист, голубчик... Ну, подождите два года и женитесь на ней.

— Женат я, профессор!

— Ах, господа, господа!..

Двери открывались, сменялись лица, гремели инструменты в шкафу, и Филипп Филиппович работал, не покладая рук.

«Похабная квартирка, — думал пес, — но до чего хорошо! А на какого черта я ему понадобился? Неужели же жить оставит? Вот чудак? Да ведь ему только глазом мигнуть, он таким бы псом обзавелся, что ахнуть! А может, я и красивый. Видно — мое счастье! А сова эта дрянь... Наглая».

Окончательно пес очнулся вечером, когда звоночки прекратились, и как раз в то мгновение, когда дверь пропустила особенных посетителей. Их было сразу четверо. Все молодые люди, и все одеты очень скромно.

«Этим что нужно?» — неприязненно и удивленно подумал пес. Гораздо более неприязненно встретил гостей Филипп Филиппович. Он стоял у письменного стола и смотрел, как полководец на врагов. Ноздри его ястребиного носа раздувались. Вошедшие топтались на ковре.

— Мы к вам, профессор, — заговорил тот из них, у кого на голове возвышалась на четверть аршина копна густейших вьющихся черных волос, — вот по какому делу...

— Вы, господа, напрасно ходите без калош в такую погоду, — перебил его наставительно Филипп Филиппович, — во-первых, вы простудитесь, а во-вторых, вы наследили мне на коврах, а все ковры у меня персидские.

Тот, с копной, умолк, и все четверо в изумлении уставились на Филиппа Филиппович. Молчание продолжалось несколько секунд, и прервал его лишь стук пальцев Филиппа Филипповича по расписному деревянному блюду на столе.

— Во-первых, мы не господа, — молвил наконец самый юный из четверых — персикового вида.

— Во-первых, — перебил и его Филипп Филиппович, — вы мужчина или женщина?

Четверо вновь смолкли и открыли рты. На этот раз опомнился первый, тот, с копной.

— Какая разница, товарищ? — спросил он горделиво.

— Я — женщина, — признался персиковый юноша в кожаной куртке и сильно покраснел. Вслед за ним покраснел почему-то густейшим образом один из вошедших — блондин в папахе.

— В таком случае вы можете оставаться в кепке, а вас, милостивый государь, попрошу снять ваш головной убор, — внушительно сказал Филипп Филиппович.

— Я не «милостивый государь», — смущенно пробормотал блондин, снимая папаху.

— Мы пришли к вам... — вновь начал черный с копной.

— Прежде всего — кто это «мы»?

— Мы — новое домоуправление нашего дома, — в сдержанной ярости заговорил черный. — Я —

Швондер, она — Вяземская, он — товарищ Пеструхин и Жаровкин. И вот мы...

— Это вас вселили в квартиру Федора Павловича Саблина?

— Нас, — ответил Швондер.

— Боже! Пропал калабуховский дом! — в отчаянии воскликнул Филипп Филиппович и всплеснул руками.

— Что вы, профессор, смеетесь? — возмутился Швондер.

— Какое там смеюсь! Я в полном отчаянии, — крикнул Филипп Филиппович, — что же теперь будет с паровым отоплением!

— Вы издеваетесь, профессор Преображенский?

— По какому делу вы пришли ко мне, говорите как можно скорее, я сейчас иду обедать.

— Мы, управление дома, — с ненавистью заговорил Швондер, — пришли к вам после общего собрания жильцов дома, на котором стоял вопрос об уплотнении квартир дома...

— Кто на ком стоял? — крикнул Филипп Филиппович, — потрудитесь излагать ваши мысли яснее.

— Вопрос стоял об уплотнении.

— Довольно! Я понял! Вам известно, что постановлением от двенадцатого сего августа моя квартира освобождена от каких бы то ни было уплотнений и переселений?

— Известно, — ответил Швондер, — но общее собрание, рассмотрев ваш вопрос, пришло к заключению, что в общем и целом вы занимаете чрезмерную площадь. Совершенно чрезмерную. Вы один живете в семи комнатах.

— Я один живу и р-работаю в семи комнатах, — ответил Филипп Филиппович, — и желал бы иметь восьмую. Она мне необходима под библиотеку.

Четверо онемели.

— Восьмую? Э-хе-хе, — проговорил блондин, лишенный головного убора, — однако, это здо-о-рово.

— Это неописуемо! — воскликнул юноша, оказавшийся женщиной.

— У меня приемная, заметьте, она же библиотека, столовая, мой кабинет — три. Смотровая — четыре. Операционная — пять. Моя спальня — шесть и комната прислуги — семь. В общем, мне не хватает... Да впрочем, это неважно. Моя квартира свободна, и разговору конец. Могу я идти обедать?

— Извиняюсь, — сказал четвертый, похожий на крепкого жука.

— Извиняюсь, — перебил его Швондер, — вот именно по поводу столовой и смотровой мы и пришли говорить. Общее собрание просит вас добровольно, в порядке трудовой дисциплины, отказаться от столовой. Столовых ни у кого нет в Москве.

— Даже у Айседоры Дункан! — звонко крикнула женщина.

С Филиппом Филипповичем что-то сделалось, вследствие чего его лицо нежно побагровело, но он не произнес ни одного звука, выжидая что будет дальше.

— И от смотровой также, — продолжал Швондер, — смотровую прекрасно можно соединить с кабинетом.

— Угу, — молвил Филипп Филиппович каким-то странным голосом, — а где же я должен принимать пищу?

— В спальне, — хором ответили четверо.

Багровость Филипп Филипповича приняла несколько сероватый оттенок.

— В спальне принимать пищу, — заговорил он придушенным голосом, — в смотровой — читать, в приемной — одеваться, оперировать — в комнате прислуги, а в столовой — осматривать? Очень возможно, что Айседора Дункан так и делает. Может быть, она в кабинете обедает, а кроликов режет в ванной? Может быть... Но я не Айседора Дункан!! — вдруг рявкнул он, и багровость его стала желтой. — Я буду обедать в столовой, а оперировать в операционной! Передайте это общему собранию, и покорнейше прошу вас вернуться к вашим делам, а мне предоставить возможность принять пищу там, где ее принимают все нормальные люди, то есть в столовой, а не в передней и не в детской.

— Тогда, профессор, ввиду вашего упорного противодействия, — сказал взволнованный Швондер, — мы подаем на вас жалобу в высшие инстанции.

— Ага, — молвил Филипп Филиппович, — так? — Голос его принял подозрительно вежливый оттенок, — одну минутку попрошу вас подождать.

«Вот это парень, — в восторге подумал пес, — весь в меня. Ох, тяпнет он их сейчас, ох, тяпнет! Не знаю еще каким способом, но так тяпнет!.. Бей их! Этого голенастого сейчас взять повыше сапога за подколенное сухожилие... р-р-р...»

Филипп Филиппович, стукнув, взял трубку с телефона и сказал в нее так:

— Пожайлуста... да... благодарю вас. Виталия Александровича попросите, пожалуйста. Профессор Преображенский. Виталий Александрович? Очень рад, что вас застал. Благодарю вас, здоров. Виталий Александрович, ваша операция отменяется. Что? Нет, совсем отменяется. Равно, как и все остальные операции. Вот почему: я прскращаю работу в Москве и вообще в России... Сейчас ко мне вошли четверо, из них одна женщина, переодетая мужчиной, двое вооружены револьверами, и терроризировали меня в квартире с целью отнять часть ее...

— Позвольте, профессор, — начал Швондер, меняясь в лице.

— Извините... У меня нет возможности повторить все, что они говорили. Я не охотник до бессмыслиц. Достаточно сказать, что они предложили мне отказаться от моей смотровой, другими словами, поставили меня в необходимость оперировать вас там, где я до сих пор резал кроликов. В таких условиях я не только не могу, но и не имею права работать. Поэтому я прекращаю деятельность, закрываю квартиру и уезжаю в Сочи. Ключи могу передать Швондеру — пусть он оперирует.

Четверо застыли. Снег таял у них на сапогах.

— Что же делать... Мне самому очень неприятно... Как? О, нет, Виталий Александрович! О, нет. Больше я так не согласен. Терпение мое лопнуло. Это уже второй случай с августа месяца... Как? Гм... Как угодно. Хотя бы. Но только одно условие: кем угодно, что угодно, когда угодно, но чтобы это была такая бумажка, при наличности которой ни Швондер, ни кто-либо другой не мог бы даже подойти к дверям моей квартиры. Окончательная бумажка. Фактическая. Настоящая. Броня. Чтобы мое имя даже не упоминалось. Конечно. Я для них умер. Да, да. Пожалуйста. Кем? Ага... Ну, это другое дело. Ага... Хорошо. Сейчас передаю трубку. Будьте любезны, — змеиным голосом обратился Филипп Филиппович к Швондеру, — сейчас с вами будут говорить.

— Позвольте, профессор, — сказал Швондер, то вспыхивая, то угасая, — вы извратили наши слова.

— Попрошу вас не употреблять таких выражений.

Швондер растерянно взял трубку и молвил:

— Я слушаю. Да... Председатель домкома... Мы же действовали по правилам... Так у профессора и так исключительное положение. Мы знаем о его работах... Целых пять комнат хотели оставить ему... Ну, хорошо... Раз так... Хорошо...

Совершенно красный, он повесил трубку и повернулся.

«Как оплевал! Ну и парень! — восхищенно подумал пес. — Что он, слово, что ли, такое знает? Ну, теперь можете меня бить, как хотите, а отсюда я не уйду».

Трое, открыв рты, смотрели на оплеванного Швондера.

— Это какой-то позор, — несмело вымолвил тот.

— Если бы сейчас была дискуссия, — начала женщина, волнуясь и загораясь румянцем, — я бы доказала Виталию Александровичу...

— Виноват, вы не сию минуту хотите открыть эту дискуссию? — вежливо спросил Филипп Филиппович.

Глаза женщины сверкнули.

— Я понимаю вашу иронию, профессор, мы сейчас уйдем... Только... Я, как заведующий культотделом дома...

— За-ве-дующая, — поправил ее Филипп Филиппович.

— Хочу предложить вам, — тут женщина из-за пазухи вытащила несколько ярких и мокрых от снега журналов, — взять несколько журналов в пользу детей Франции. По полтиннику штука.

— Нет, не возьму, — кратко ответил Филипп Филиппович, покосившись на журналы.

Совершенное изумление выразилось на лицах, а женщина покрылась клюквенным налетом.

— Почему же вы отказываетесь?

— Не хочу.

— Вы не сочувствуете детям Франции?

— Нет, сочувствую.

— Жалеете по полтиннику?

— Нет.

— Так почему же?!

— Не хочу.

Помолчали.

— Знаете ли, профессор, — заговорила девушка, тяжело вздохнув, — если бы вы не были европейским светилом, и за вас не заступались бы самым возмутительным образом (блондин дернул ее за край куртки, но она отмахнулась) лица, которых, я уверена, мы еще разъясним, вас следовало бы арестовать!

— А за что? — с любопытством спросил Филипп Филиппович.

— Вы ненавистник пролетариата, — гордо сказала женщина.

— Да, я не люблю пролетариата, — печально согласился Филипп Филиппович и нажал кнопку. Где-то прозвенело. Открылась дверь в коридор.

— Зина, — крикнул Филипп Филиппович, — подавай обед. Вы позволите, господа?

Четверо молча вышли из кабинета, молча прошли приемную, молча — переднюю, и за ними, слышно было, как закрылась тяжело и звучно парадная дверь.

Пес встал на задние лапы и сотворил перед Филиппом Филипповичем какой-то намаз.

## III

На разрисованных райскими цветами тарелках с черною широкой каймой лежала тонкими ломтиками нарезанная семга, маринованные угри. На тяжелой доске кусок сыру в слезах, и в серебряной кадушке, обложенной снегом, — икра. Меж тарелками несколько тоненьких рюмочек и три хрустальных графинчика с разноцветными водками. Все эти предметы помещались на маленьком мраморном столике, уютно присоседившемся у громадного резного дуба буфета, изрыгавшего пучки стеклянного и ссеребряного света. Посредине комнаты — тяжелый, как гробница, стол, накрытый белой скатертью, а на нем два прибора, салфетки, свернутые в виде папских тиар, и три темных бутылки.

Зина внесла серебряное крытое блюдо, в котором что-то ворчало. Запах от блюда шел такой, что рот пса немедленно заполнился жидкой слюной. «Сады Семирамиды!», — подумал он и застучал, как палкой, по паркету хвостом.

— Сюда их! — хищно скомандовал Филипп Филиппович. — Доктор Борменталь, умоляю вас, оставьте икру в покое. И если хотите послушаться доброго совета, налейте не английской, а обыкновенной русской водки.

Красавец — тяпнутый — он был уже без халата, в приличном черном костюме — передернул широкими плечами, вежливо ухмыльнулся и налил прозрачной.

— Новоблагословенная? — осведомился он.

— Бог с вами, голубчик, — отозвался хозяин, — это спирт. Дарья Петровна сама отлично готовит водку.

— Не скажите, Филипп Филиппович, все утверждают, что очень приличная, тридцать градусов.

— А водка должна быть в 40 градусов, а не в 30, это во-первых, — наставительно перебил Филипп Филиппович, — а во-вторых, Бог их знает, что они туда плеснули. Вы можете сказать, что им придет в голову?

— Все, что угодно, — уверенно молвил тяпнутый.

— И я того же мнения, — добавил Филипп Филиппович и вышвырнул одним комком содержимое рюмки себе в горло, — э... м-м... доктор Борменталь, умоляю вас: мгновенно эту штучку, и если вы скажете, что это плохо, я ваш кровный враг на всю жизнь. «От Севильи до Гренады!..»

С этими словами он подцепил на лапчатую серебряную вилку что-то похожее на маленький темный хлебик. Укушенный последовал его примеру. Глаза Филиппа Филипповича засветились.

— Это плохо? — жуя, спрашивал Филипп Филиппович. — Плохо? Вы ответьте, уважаемый доктор.

— Это бесподобно, — искренне ответил тяпнутый.

— Еще бы... Заметьте, Иван Арнольдович: холодными закусками и супом закусывают только недорезанные большевиками помещики. Мало-мальски уважающий себя человек оперирует с закусками горячими. А из горячих московских закусок это — первая. Когда-то их великолепно приготовляли в Славянском Базаре. На, получай.

— Пса в столовой прикармливаете, — раздался женский голос, — а потом его отсюда калачом не выманишь.

— Ничего... Он, бедняга, наголодался, — Филипп Филиппович на конце вилки подал псу закуску, принятую тем с фокусной ловкостью, и вилку с грохотом свалил в полоскательницу.

Засим от тарелок подымался пахнущий раками пар, пес сидел в тени скатерти с видом часового у порохового склада, а Филипп Филиппович, заложив хвост тугой салфетки за воротничок, проповедовал:

— Еда, Иван Арнольдович, штука хитрая. Есть нужно уметь, и, представьте, большинство людей вовсе этого не умеет. Нужно не только знать — что съесть, но и когда и как! (Филипп Филиппович многозначительно потряс ложкой.) — И что при этом говорить — да-с. Если вы заботитесь о своем пищеварении, вот добрый совет — не говорите за обедом о большевизме и о медицине. И, Боже вас сохрани, — не читайте до обеда советских газет!

— Гм... Да ведь других нет.

— Вот никаких и не читайте. Вы знаете, я произвел тридцать наблюдений у себя в клинике. И что же вы думаете? Пациенты, не читающие газет, чувствовали себя превосходно. Те же, которых я специально заставлял читать «Правду», — теряли в весе!

— Гм... — с интересом отозвался тяпнутый, розовея от супа и вина.

— Мало этого! Пониженные коленные рефлексы, скверный аппетит, угнетенное состояние духа.

— Вот черт!..

— Да-с. Впрочем, что же это я? Сам же заговорил о медицине. Будемте лучше есть.

Филипп Филиппович, откинувшись, позвонил, и в вишневой портьере появилась Зина. Псу достался бледный и толстый кусок осетрины, которая ему не понравилась, а непосредственно за этим ломоть окровавленного ростбифа. Слопав его, пес вдруг почувствовал, что он хочет спать и больше не может видеть никакой еды. «Странное ощущение, — думал он, захлопывая отяжелевшие веки, — глаза бы мои не смотрели ни на какую пищу. А курить после обеда — это глупость».

Столовая наполнилась неприятным синим сигарным дымом. Пес дремал, уложив голову на передние лапы.

— «Сен-Жульен» — приличное вино, — сквозь сон слышал пес, — но только ведь теперь же его нету.

Глухой, смягченный потолками и коврами хорал донесся откуда-то сверху и сбоку.

Филипп Филиппович позвонил, и пришла Зина.

— Зинушка, что это такое означает?

— Опять общее собрание сделали, Филипп Филиппович, — ответила Зина.

— Опять! — горестно воскликнул Филипп Филиппович, — ну, теперь, стало быть, пошло! Пропал калабуховский дом! Придется уезжать, но куда, спрашивается? Все будет как по маслу. Вначале каждый вечер пение, затем в сортирах замерзнут трубы, потом лопнет котел в паровом отоплении и так далее. Крышка Калабухову!

— Убивается Филипп Филиппович, — заметила, улыбаясь, Зина и унесла груду тарелок.

— Да ведь как же не убиваться! — возопил Филипп Филиппович, — ведь это какой дом был! Вы поймите!

— Вы слишком мрачно смотрите на вещи, Филипп Филиппович, — возразил красавец тяпнутый, — они теперь резко изменились.

— Голубчик, вы меня знаете? Не правда ли? Я — человек фактов, человек наблюдения. Я — враг необоснованных гипотез. И это очень хорошо известно не только в России, но и в Европе. Если я что-нибудь говорю, значит, в основе лежит некий факт, из которого я делаю вывод. И вот вам факт: вешалки и калошная стойка в нашем доме.

— Это интересно...

«Ерунда — калоши. Не в калошах счастье, — думал пес, — но личность выдающаяся».

— Не угодно ли — калошная стойка. С 1903 года я живу в этом доме. И вот, в течение этого времени, до апреля 1917 года не было ни одного случая, подчеркиваю красным карандашом — ни одного!.. чтобы из нашего парадного внизу при общей незапертой двери пропала бы хоть одна пара калош. Заметьте, здесь двенадцать квартир, у меня прием. В апреле 17-го года в один прекрасный день пропали все калоши, в том числе две пары моих, три палки, пальто и самовар у швейцара. И с тех пор калошная стойка прекратила свое существование. Голубчик! Я не говорю уже о паровом отоплении! Не говорю! Пусть: раз социальная революция — не нужно топить. Хотя когда-нибудь, если будет свободное время, я займусь исследованием мозга и докажу, что вся эта социальная кутерьма простонапросто больной бред... Так я говорю: почему, когда началась вся эта история, все стали ходить в грязных калошах и в валенках по мраморной лестнице? Почему калоши до сих пор нужно запирать под замок и еще приставлять к ним солдата, чтобы кто-либо их не стащил? Почему убрали ковер с парадной лестницы? Разве Карл Маркс запрещает держать на лестнице ковры? Где-нибудь у Карла Маркса сказано, что 2-й подъезд Калабуховского дома на Пречистенке следует забить досками и ходить кругом через черный двор? Кому это нужно? Угнетенным неграм? Или португальским рабочим? Почему пролетарий не может оставить свои калоши внизу, а пачкает мрамор?

— Да у него ведь, Филипп Филиппович, и вовсе нет калош... — заикнулся было тяпнутый.

— Нич-чего похожего! — громовым голосом ответил Филипп Филиппович и налил стакан вина. — Гм... Я не признаю ликеров после обеда: они тяжелят и скверно действуют на печень... Ничего подобного! На нем есть теперь калоши, и эти калоши... мои! Это как раз те самые калоши, которые исчезли весной 1917 года. Спрашивается, кто их попер? Я? Не может быть! Буржуй Саблин? (Филипп Филиппович ткнул пальцем в потолок.) Смешно даже предположить! Сахарозаводчик Полозов? (Филипп Филиппович указал вбок). Ни в коем случае! Да-с! Но хоть бы они их снимали на лестнице! (Филипп Филиппович начал багроветь.) На какого черта убрали цветы с площадок? Почему электричество, которое, дай Бог памяти, в течение двадцати лет два раза, в теперешнее время аккуратно гаснет раз в месяц? Доктор Борменталь! Статистика — жестокая вещь. Вам, знакомому с моей последней работой, это известно лучше, чем кому бы то ни было другому!

— Разруха, Филипп Филиппович!

— Нет, — совершенно уверенно возразил Филипп Филиппович, — нет. Вы первый, дорогой Иван Арнольдович, воздержитесь от употребления самого этого слова. Это — мираж, дым, фикция! — Филипп Филиппович широко растопырил короткие пальцы, отчего две тени, похожие на черепах, заерзали по скатерти. — Что такое эта ваша «разруха»? Старуха с клюкой? Ведьма, которая выбила все стекла, потушила все лампы? Да ее вовсе не существует! Что вы подразумеваете под этим словом? —

яростно спросил Филипп Филиппович у несчастной деревянной утки, висящей кверху ногами рядом с буфетом, и сам же ответил за нее: — Это вот что: если я, вместо того, чтобы оперировать, каждый вечер начну у себя в квартире петь хором, у меня настанет разруха. Если я, ходя в уборную, начну, извините меня за выражение, мочиться мимо унитаза и то же самое будут делать Зина и Дарья Петровна, в уборной получится разруха. Следовательно, разруха не в клозетах, а в головах. Значит, когда эти баритоны кричат: «Бей разруху!» — я смеюсь. (Лицо Филиппа Филипповича перекосило так, что тяпнутый открыл рот.) — Клянусь вам, мне смешно! Это означает, что каждый из них должен лупить себя по затылку! И вот, когда он вылупит из себя мировую революцию, Энгельса и Николая Романова, угнетенных малайцев и тому подобные галлюцинации, займется чисткой сараев — прямым своим делом, — разруха исчезнет сама собой. Двум богам нельзя служить! Невозможно в одно и то же время подметать трамвайные пути и устраивать судьбы каких-то испанских оборванцев! Это никому не удается, доктор, и тем более — людям, которые вообще, отстав от развития европейцев лет на двести, до сих пор еще не совсем уверенно застегивают собственные штаны!

Филипп Филиппович вошел в азарт. Ястребиные ноздри его раздувались. Набравшись сил после сытного обеда, гремел он подобно древнему пророку, и голова его сверкала серебром.

Его слова на сонного пса падали, точно глухой подземный гул. То сова с глупыми желтыми глазами выскакивала в сонном видении, то гнусная рожа палача в белом грязном колпаке, то лихой ус Филиппа Филипповича, освещенный резким электричеством из абажура, то сонные сани скрипели и пропадали, а в собачьем желудке варился, плавая в соку, истерзанный кусок ростбифа.

«Он мог бы прямо на митингах деньги зарабатывать, — мутно мечтал пес, — первоклассный деляга. Впрочем, у него и так, по-видимому, денег куры не клюют...»

— Городовой! — кричал Филипп Филиппович. — Городовой!! «Угу-гу-гу!» — какие-то пузыри лопались в мозгу пса... — Городовой! Это и только это! И совершенно неважно, будет он с бляхой или же в красном кэпи. Поставить городового рядом с каждым человеком и заставить этого городового умерить вокальные порывы наших граждан. Вы говорите — разруха! Я вам скажу, доктор, что ничто не изменится к лучшему в нашем доме, да и во всяком другом доме, до тех пор, пока не усмирите этих певцов! Лишь только они прекратят свои концерты, положение само собой изменится к лучшему!

— Контрреволюционные вещи вы говорите, Филипп Филиппович, — шутливо заметил тяпнутый, — не дай Бог вас кто-нибудь услышит!

— Ничего опасного! — с жаром возразил Филипп Филиппович. — Никакой контрреволюции! Кстати, вот еще одно слово, которое я совершенно не выношу! Абсолютно неизвестно, что под ним скрывается! Черт его знает! Так я говорю: никакой этой самой контрреволюции в моих словах нет. В них лишь здравый смысл и жизненная опытность...

Тут Филипп Филиппович вынул из-под воротничка хвост блестящей изломанной салфетки и, скомкав, положил ее рядом с недопитым стаканом вина. Укушенный тотчас поднялся и поблагодарил: «Mersi».

— Минутку, доктор, — приостановил его Филипп Филиппович, вынимая из кармана брюк бумажник. Он прищурился, отсчитал белые бумажки и протянул их укушенному со словами: — Сегодня вам, Иван Арнольдович, сорок рублей причитается. Прошу!

Пострадавший от пса вежливо поблагодарил и, краснея, засунул деньги в карман пиджака.

— Я сегодня не нужен вам, Филипп Филиппович? — осведомился он.

— Нет, благодарю вас, голубчик. Ничего делать сегодня не будем. Во-первых, кролик издох, а во-вторых, сегодня в Большом — «Аида». А я давно не слышал. Люблю... Помните дуэт... Тара-ра-рим...

— Как это вы успеваете, Филипп Филиппович? — с уважением спросил врач.

— Успевает всюду тот, кто никуда не торопится, — назидательно объяснил хозяин. — Конечно, если бы я начал прыгать по заседаниям и распевать целый день, как соловей, вместо того чтобы заниматься прямым своим делом, я бы никуда не поспел, —

под пальцами Филиппа Филипповича в кармане небесно заиграл репетир, — начало девятого... Ко второму акту приеду... Я сторонник разделения труда. В Большом пусть поют, а я буду оперировать. Вот и хорошо, и никаких разрух... Вот что, Иван Арнольдович, вы все же следите внимательно: как только подходящая смерть, тотчас со стола — в питательную жидкость и ко мне!

— Не беспокойтесь, Филипп Филиппович, — патологоанатомы мне обещали.

— Отлично. А мы пока этого уличного неврастеника понаблюдаем, обмоем. Пусть бок у него заживет...

«Обо мне заботится, — подумал пес, — очень хороший человек. Я знаю, кто это! Он — добрый волшебник, маг и кудесник из собачьей сказки... Ведь не может же быть, чтобы все это я видел во сне? А вдруг — сон? (Пес во сне дрогнул.) Вот проснусь... и ничего нет. Ни лампы в шелку, ни тепла, ни сытости. Опять начнется подворотня, безумная стужа, оледеневший асфальт, голод, злые люди... Столовка, снег... Боже, как тяжело мне будет!..»

## IV

Но ничего этого не случилось. Именно подворотня растаяла, как мерзкое сновидение, и более не вернулась.

Видно, уж не так страшна разруха! Невзирая на нее, дважды в день, серые гармоники под подоконниками наливались жаром, и тепло волнами расходилось по квартире.

Совершенно ясно: пес вытащил самый главный собачий билет. Глаза его теперь не менее двух раз в день заливались благодарными слезами по адресу пречистенского мудреца. Кроме того, все трюмо в гостиной-приемной между шкафами отражали удачливого красавца пса.

«Я — красавец. Быть может, неизвестный собачий принц-инкогнито, — размышлял пес, глядя на лохматого кофейного пса с довольной мордой, разгуливающего в зеркальных далях. — Очень возможно, что бабушка моя согрешила с водолазом. То-то я смотрю, у меня на морде белое пятно. Откуда оно, спрашивается. Филипп Филиппович — человек с большим вкусом, не возьмет он первого попавшегося пса-дворника...»

В течение недели пес сожрал столько же, сколько в полтора последних голодных месяца на улице. Но, конечно, только по весу. О качестве еды у Филиппа Филипповича и говорить не приходилось. Если даже не принимать во внимание того, что ежедневно Дарьей Петровной закупалась груда обрезков на Смоленском рынке на восемнадцать копеек, достаточно упомянуть обеды в семь часов вечера в столовой, на которых пес присутствовал, несмотря на протест изящной Зины. Во время этих обедов Филипп Филиппович окончательно получил звание божества. Пес становился на задние лапы и жевал пиджак, пес изучил звонок Филипп Филипповича — два полнозвучных отрывистых хозяйских удара, и вылетал с лаем встречать его в передней. Хозяин вваливался в черно-бурой лисе, сверкая миллионом снежных блесток, пахнущий мандаринами, сигарами, духами, лимонами, бензином, одеколоном, сукном, и голос его, как командная труба, разносился по всему жилищу.

— Зачем же ты, свинья, сову разорвал? Она тебе мешала? Мешала, я тебя спрашиваю? Зачем профессора Мечникова разбил?

— Его, Филипп Филиппович, нужно хлыстом отодрать хоть раз, — возмущенно говорила Зина, — а то он совершенно избалуется. Вы поглядите, что он с вашими калошами сделал!

— Никого драть нельзя, — волновался Филипп Филиппович, — запомни это раз и навсегда! На человека и на животное можно действовать только внушением! Мясо ему давали сегодня?

— Господи, он весь дом обожрал! Что вы спрашиваете, Филипп Филиппович? Я удивляюсь — как он не лопнет!

— Ну и пусть ест на здоровье!.. Чем тебе помешала сова, хулиган?!

— У-у! — скулил пес-подлиза и полз на брюхе, вывернув лапы.

Затем его с гвалтом волокли за шиворот через приемную в кабинет. Пес подвывал, огрызался, цеплялся за ковер, ехал на заду, как в цирке. Посредине кабинета на ковре лежала стеклянноглазая сова с распоротым животом, из которого торчали какие-то красные тряпки, пахнущие нафталином. На столе валялся вдребезги разбитый портрет.

— Я нарочно не убирала, чтобы вы полюбовались, — расстроенно докладывала Зина, — ведь на стол вскочил, какой мерзавец! И за хвост ее — цап! Я опомниться не успела, как он ее всю истерзал! Мордой его потычьте, Филипп Филиппович, в сову, чтобы он знал, как вещи портить!

И начинался вой. Пса, прилипавшего к ковру, тащили тыкать в сову, причем пес заливался горькими слезами и думал: «Бейте, только из квартиры не выгоняйте!»

— Сову чучельнику отправить сегодня же. Кроме того, вот тебе восемь рублей и шестнадцать копеек на трамвай, съезди к Мюру, купи ему хороший ошейник с цепью.

На следующий день на пса надели широкий блестящий ошейник. В первый момент, поглядевшись в зеркало, он очень расстроился, поджал хвост и ушел в ванную комнату, размышляя — как бы ободрать его о сундук или ящик. Но очень скоро пес понял, что он просто — дурак. Зина повела его гулять на цепи. По Обухову переулку пес шел, как арестант, сгорая от стыда, но, пройдя по Пречистенке до Храма Христа, отлично сообразил, что значит в жизни ошейник. Бешеная зависть читалась в глазах у всех встречных псов, а у Мертвого переулка какой-то долговязый с обрубленным хвостом дворняга облаял его «барской сволочью» и «шестеркой». Когда пересекали трамвайные рельсы, милиционер поглядел на ошейник с удовольствием и уважением, а когда вернулись, произошло самое невиданное в жизни: Федор-швейцар собственноручно отпер парадную дверь и впустил Шарика. Зине он при этом заметил:

— Ишь, каким лохматым обзавелся Филипп Филиппович. И удивительно жирный.

— Еще бы. За шестерых лопает, — пояснила румяная и красивая от мороза Зина.

«Ошейник — все равно, что портфель», — сострил мысленно пес и, виляя задом, последовал в бельэтаж, как барин.

Оценив ошейник по достоинству, пес сделал первый визит в то главное отделение рая, куда до сих пор вход ему был категорически воспрещен, — именно в царство поварихи Дарьи Петровны. Вся квартира не стоила и двух пядей Дарьиного царства. Всякий день в черной и сверху облицованной кафелем плите стреляло и бушевало пламя. Духовой шкаф потрескивал. В багровых столбах горело вечною огненной мукой и неутоленной страстью лицо Дарьи Петровны. Оно лоснилось и отливало жиром. В модной прическе на уши и с корзинкой светлых волос на затылке светились двадцать два поддельных бриллианта. По стенам на крюках висели золотые кастрюли, вся кухня громыхала запахами, клокотала и шипела в закрытых сосудах...

— Вон! — завопила Дарья Петровна. — Вон, беспризорный карманник! Тебя тут не хватало, я тебя кочергой...

«Чего ты! Ну, чего лаешься? — умильно щурил глаза пес. — Какой же я карманник? Ошейник вы разве не замечаете?» — и он боком лез в дверь, просовывая в нее морду.

Шарик-пес обладал каким-то секретом покорять сердца людей. Через два дня он уже лежал рядом с корзиной углей и смотрел, как работает Дарья Петровна. Острым и узким ножом она отрубала беспомощным рябчикам головы и лапки, затем, как яростный палач, с костей сдирала мякоть, из кур вырывала внутренности, что-то вертела в мясорубке. Шарик в это время терзал рябчикову голову. Из миски с молоком Дарья Петровна вытаскивала куски размокшей булки, смешивала их на доске с мясною кашицей, заливала все это сливками, посыпала солью и на доске лепила котлеты. В плите гудело, как на пожаре, а на сковороде ворчало, пузырилось и прыгало. Заслонка с грохотом отпрыгивала, обнаруживала страшный ад. Клокотало, лилось...

Вечером потухала пламенная страсть, в окне кухни, над белой половинной занавесочкой стояла густая и важная пречистенская ночь с одинокой звездой. В кухне было сыро на полу, кастрюли сияли таинственно и тускло, на столе лежала пожарная фуражка. Шарик лежал не теплой плите, как лев на воротах, и, задрав от любопытства одно ухо, глядел, как черноусый и взволнованный человек в широком кожаном поясе, за полуприкрытой дверью в комнате Зины и Дарьи Петровны, обнимал Дарью Петровну. Лицо у той горело мукой и страстью, все, кроме мертвенного напудренного носа. Щель света лежала на потрете черноусого, и пасхальный розан свисал с него.

— Как демон пристал, — бормотала в полумраке Дарья Петровна, — отстань. Сейчас Зина придет. Что ты, чисто тебя тоже омолодили?

— Нам ни к чему, — плохо владея собой и хрипло отвечал черноусый. — До чего вы огненная...

Вечерами пречистенская звезда скрывалась за тяжкими шторами, и, если в Большом театре не было «Аиды» и не было заседания Всероссийского хирургического общества, божество помещалось в кресле. Огней под потолком не было, горела только одна зеленая лампа на столе. Шарик лежал на ковре в тени и, не отрываясь, глядел на ужасные дела. В отвратительной едкой и мутной жиже в стеклянных сосудах лежали человеческие мозги. Руки божества, обнаженные по локоть, были в рыжих резиновых перчатках, и скользкие тупые пальцы копошились в извилинах. Временами божество вооружалось маленькими сверкающим ножиком и тихонько резало желтые упругие мозги.

— «К берегам священным Нила», — тихонько напевало божество, закусывая губы и вспоминая золотую внутренность Большого театра. Трубы в этот час нагревались до высшей точки. Тепло от них поднималось к потолку, оттуда расходилось по всей комнате, в песьей шубе оживала последняя, еще не вычесанная самим Филиппом Филипповичем, но уже обреченная блоха. Ковры глушили звуки в квартире. А потом далеко звенела выходная дверь.

«Зинка в кинематограф пошла, — думал пес, — а как придет, ужинать, стало быть, будем. На ужин, надо полагать, телячьи отбивные».

И вот, в этот ужасный день, еще утром Шарика кольнуло предчувствие. Вследствие этого он вдруг заскучал и утренний завтрак — полчашки овсянки и вчерашнюю баранью косточку — съел без всякого аппетита. Он скучно прошелся в приемную и легонько подвыл там на собственное отражение. Но днем, после того как Зина сводила его погулять на бульвар, день пошел как обычно. Приема сегодня не было, потому, как известно, во вторник приема не бывает, и божество сидело в кабинете, развернув на столе какие-то тяжелые книги с пестрыми картинками. Ждали обеда. Пса несколько оживила мысль о том, что сегодня на третье блюдо, как он точно узнал на кухне, будет индейка. Проходя по коридору, пес услышал, как в кабинете Филиппа Филипповича неприятно и неожиданно прозвенел телефон. Филипп Филиппович взял трубку, прислушался и вдруг взволновался.

— Отлично! — послышался его голос, — сейчас же везите, сейчас же!

Он засуетился, позвонил и вошедшей Зине приказал срочно подавать обед.

— Обед! Обед! Обед!

В столовой тотчас застучали тарелками. Зина забегала, из кухни послышалась воркотня Дарьи Петровны, что индейка не готова. Пес опять почувствовал волнение.

«Не люблю кутерьмы в квартире», — раздумывал он... И только он это подумал, как кутерьма приняла еще более неприятный характер. И прежде всего благодаря появлению тяпнутого некогда доктора Борменталя. Тот привез с собой дурно пахнущий чемодан и, даже не раздеваясь, устремился с ним через коридор в смотровую. Филипп Филиппович бросил недопитую чашку кофе, чего с ним никогда не случалось, и выбежал навстречу Борменталю, чего с ним тоже никогда не бывало.

— Когда умер? — закричал он.

— Три часа назад, — ответил Борменталь, не снимая заснеженной шапки и расстегивая чемодан.

«Кто такое умер?» — хмуро и не довольно подумал пес и сунулся под ноги, — терпеть не могу, когда мечутся».

— Уйди из-под ног! Скорей, скорей, скорей! — закричал Филипп Филиппович на все стороны и стал звонить во все звонки, как показалось псу.

Прибежала Зина.

— Зина! К телефону Дарью Петровну, записывать, никого не принимать! Ты нужна. Доктор Борменталь, умоляю вас — скорей, скорей!

«Не нравится мне. Не нравится», — пес обиженно нахмурился и стал шляться по квартире, а вся суета сосредоточилась в смотровой. Зина оказалась неожиданно в халате, похожем на саван, и начала летать из смотровой в кухню и обратно.

«Пойти, что ль, пожрать? Ну их в болото», — решил пес и вдруг получил сюрприз.

— Шарику ничего не давать! — загремела команда из смотровой.

— Усмотришь за ним, как же.

— Запереть!

И Шарика заманили и заперли в ванной.

«Хамство, — подумал Шарик, сидя в полутемной ванной комнате, — просто глупо...»

И около четверти часа он пробыл в ванной в странном состоянии духа — то в злобе, то в каком-то тяжелом упадке. Все было скучно, неясно...

«Ладно, будете вы иметь калоши завтра, многоуважаемый Филипп Филиппович, — думал он, — две пары пришлось прикупить, и еще одну купите. Чтоб вы псов не запирали».

Но вдруг его яростную мысль перебило. Внезапно и ясно почему-то вспомнился кусок самой ранней юности — солнечный необъятный двор у Преображенской заставы, осколки солнца в бутылках, битый кирпич, вольные псы-побродяги.

«Нет, куда уж, ни на какую волю отсюда не уйдешь, зачем лгать, — тосковал пес, сопя носом, — привык. Я, барский пес, интеллигентное существо, отведал лучшей жизни. Да и что такое воля? Так, дым, мираж, фикция... Бред этих злосчастных демократов...»

Потом полутьма ванной стала страшной, он завыл, бросился на дверь, стал царапаться.

— У-у-у! — как в бочку полетело по квартире.

«Сову раздеру опять», — бешено, но бессильно думал пес. Затем ослаб, полежал, а когда поднялся, шерсть на нем стала вдруг дыбом, почему-то в ванне померещились отвратительные волчьи глаза...

И в разгар муки дверь открыли. Пес вышел, отряхнувшись, и угрюмо собрался в кухню, но Зина за ошейник настойчиво повлекла его в смотровую. Холодок прошелся у пса под сердцем.

«Зачем я им понадобился? — подумал он подозрительно. — Бок зажил — ничего не понимаю».

И он поехал лапами по скользкому паркету, и так был привезен в смотровую. В ней сразу поразило невиданное освещение. Белый шар под потолком сиял до того, что резало глаза. В белом сиянии стоял жрец и сквозь зубы напевал про священные берега Нила. Только по смутному запаху можно было узнать, что это Филипп Филиппович. Подстриженная его седина скрывалась под белым колпаком, напоминающим патриаршую скуфейку. Жрец был весь в белом, а поверх белого, как епитрахиль, был надет резиновый узкий фартук. Руки — в черных перчатках.

В скуфейке оказался и тяпнутый. Длинный стол был раскинут, а сбоку придвинули маленький, четырехугольной, на блестящей ноге.

Пес здесь больше всего возненавидел тяпнутого и больше всего за его сегодняшние глаза. Обычно смелые и прямые, ныне они бегали во все стороны от песьих глаз. Они были настороженные, фальшивые, и в глубине их таилось нехорошее, пакостное дело, если не целое преступление. Пес глянул на него тяжело и пасмурно, ушел в угол.

— Ошейник, Зина, — негромко молвил Филипп Филиппович, — только не волнуй его.

У Зины мгновенно стали такие же мерзкие глаза, как у тяпнутого. Она подошла к псу и явно фальшиво погладила его. Тот с тоскою и презрением поглядел на нее.

«Что ж... вас трое. Возьмите, если хотите. Только стыдно вам... Хоть бы я знал, что будете делать со мной?..»

Зина отстегнула ошейник, пес помотал головой, фыркнул. Тяпнутый вырос перед ним, и скверный мутящий запах разлился от него.

«Фу, гадость... Отчего мне так мутно и страшно?» — подумал пес и попятился от тяпнутого.

— Скорее, доктор, — нетерпеливо молвил Филипп Филиппович.

Резко и сладостно пахнуло в воздухе. Тяпнутый, не сводя с пса настороженных дрянных глаз, высунул из-за спины правую руку и быстро ткнул псу в нос ком влажной ваты. Шарик оторопел, в голове у него легонько закружилось, но он успел еще отпрянуть. Тяпнутый прыгнул за ним и вдруг залепил всю морду ватой. Тотчас же заперло дыхание, но еще раз пес успел вырваться. «Злодей... — мелькнуло в голове. — За что?» И еще раз облепили. Тут неожиданно посреди смотровой представилось озеро, а на нем в лодках очень веселые загробные, небывалые, розовые псы. Ноги лишились костей и согнулись.

— На стол! — веселым голосом бухнули где-то слова Филипп Филипповича и расплылись в оранжевых струях. Ужас исчез, сменился радостью. Секунды две угасающий пес любил тяпнутого. Затем весь мир перевернулся дном кверху, и была еще почувствована холодная, но приятная рука под животом. Потом — ничего.

На узком операционном столе лежал, раскинувшись, пес Шарик, и голова его беспомощно колотилась о белую клеенчатую подушку. Живот его был выстрижен, и теперь доктор Борменталь, тяжело дыша и спеша, машинкой въедаясь в шерсть, стриг голову Шарика. Филипп Филиппович, опершись ладонями на край стола, блестящими, как золотые обода его очков, глазками наблюдал за этой процедурой и говорил взволнованно:

— Иван Арнольдович, самый важный момент — когда я войду в турецкое седло. Мгновенно, умоляю вас, подайте отросток и тут же шить. Если там у меня начнет кровить, потеряем время и пса потеряем. Впрочем, для него и так никакого шанса нету. — Он помолчал, прищуря глаз, заглянул как бы насмешливо в полуприкрытый спящий глаз пса и добавил: — А знаете, жалко его. Представьте, я привык к нему.

Руки он вздымал в это время, как будто благословлял на трудный подвиг злосчастного пса Шарика. Он старался, чтобы ни одна пылинка не села на черную резину.

Из-под выстриженной шерсти засверкала беловатая кожа собаки. Борменталь отшвырнул машинку и вооружился бритвой. Он намылил беспомощную маленькую голову и стал брить. Сильно хрустело под лезвием, кой-где выступила кровь. Обрив голову, тяпнутый мокрым бензиновым комочком обтер ее, затем оголенный живот пса растянул и молвил, отдуваясь: «Готово».

Зина открыла кран над раковиной, и Борменталь бросился мыть руки. Зина из склянки полила их спиртом.

— Можно мне уйти, Филипп Филиппович? — спросила она, боязливо косясь на бритую голову пса.

— Можешь.

Зина пропала. Борменталь засуетился дальше. Легкими марлевыми салфеточками он обложил голову Шарика, и тогда на подушке оказался никем невиданный лысый песий череп и странная бородатая морда.

Тут шевельнулся жрец. Он выпрямился, глянул на собачью голову и сказал:

— Ну, Господи благослови. Нож!

Борменталь из сверкающей груды на столике вынул маленький брюхатый ножик и подал его жрецу. Затем он облекся в такие же черные перчатки, как и жрец.

— Спит? — спросил Филипп Филиппович.

— Хорошо спит.

Зубы Филиппа Филипповича сжались, глазки приобрели остренький колючий блеск, и, взмахнув ножичком, он метко и длинно протянул по животу Шарика рану. Кожа тотчас разошлась, и из нее брызнула кровь в разные стороны. Борменталь набросился хищно, стал комьями ваты давить шарикову рану, затем маленькими, как бы сахарными щипчиками зажал ее края, и она высохла. На лбу у Борменталя выступил пот. Филипп Филиппович полоснул второй раз, и тело Шарика вдвоем начали разрывать крючьями, ножницами, какими-то скобками. Выскочили розовые и желтые, плачущие кровавой росою ткани. Филипп Филиппович вертел ножом в теле, потом крикнул: «Ножницы!»

Инструмент мелькнул в глазах у тяпнутого, как у фокусника. Филипп Филиппович залез в глубину и в несколько поворотов вырвал из тела Шарика его семенные железы с какими-то обрывками. Борменталь, совершенно мокрый от усердия и волнения, бросился к стеклянной банке и извлек из нее другие, мокрые, обвисшие семенные железы. В руках у профессора и ассистента запрыгали, завились короткие влажные струны. Дробно защелкали кривые иглы в зажимах, семенные железы вшили на место Шариковых. Жрец отвалился от раны, ткнул в нее комком марли и скомандовал:

— Шейте, доктор, мгновенно кожу!

Затем оглянулся на круглые белые стенные часы.

— Четырнадцать минут делали, — сквозь стиснутые зубы пропустил Борменталь и кривой иголкой впился в дряблую кожу.

Затем оба заволновались, как убийцы, которые спешат.

— Нож! — крикнул Филипп Филиппович.

Нож вскочил ему в руки как бы сам собой, после чего лицо Филиппа Филипповича стало страшным. Он оскалил фарфоровые и золотые коронки и одним приемом навел на лбу Шарика красный венец. Кожу с бритыми волосами откинули, как скальп, обнажили костяной череп. Филипп Филиппович крикнул:

— Трепан!

Борменталь подал ему блестящий коловорот. Кусая губу, Филипп Филиппович начал втыкать коловорот и высверливать в черепе Шарика маленькие дырочки в сантиметр расстояния друг от друга, так что они шли кругом всего черепа. На каждую он тратил не более пяти секунд. Потом пилой невиданного фасона, всунув ее хвостик в первую дырочку, начал пилить, как выпиливают дамский рукодельный ящик. Череп тихо визжал и трясся. Минуты через три крышку черепа с Шарика сняли.

Тогда обнажился купол Шарикового мозга — серый с синеватыми прожилками и красноватыми пятнами. Филипп Филиппович въелся ножницами в оболочки и их выкроил. Один раз ударил тонкий фонтан крови, чуть не попал в глаза профессору и окропил его колпак. Борменталь с торзионным пинцетом, как тигр, бросился зажимать и зажал. Пот с Борменталя полз потеками, и лицо его стало мясистым и разноцветным. Глаза его метались от рук Филиппа Филипповича к тарелке на столе. Филипп же Филиппович стал положительно страшен. Сипение вырывалось из его носа, зубы открылись до десен. Он ободрал оболочки с мозга и пошел куда-то вглубь, выдвигая из вскрытой чаши полушария мозга. И в это время Борменталь начал бледнеть, одною рукой схватил грудь Шарика и хрипловато сказал:

— Пульс резко падает...

Филипп Филиппович зверски оглянулся на него, что-то промычал и врезался еще глубже. Борменталь с хрустом сломал стеклянную ампулку, насосал из нее в шприц и коварно кольнул Шарика где-то у сердца.

— Иду к турецкому седлу, — зарычал Филипп Филиппович и окровавленными скользкими перчатками выдвинул серо-желтый мозг Шарика из головы. На мгновение он скосил глаза на морду Шарика, и Борменталь тотчас же сломал вторую ампулу с желтой жидкостью и вытянул ее в длинный шприц.

— В сердце? — робко спросил он.

— Что вы еще спрашиваете?! — злобно заревел профессор. — Все равно он уже пять раз у вас умер. Колите! Разве мыслимо! — Лицо у него при этом стало как у вдохновенного разбойника.

Доктор с размаху, легко всадил иглу в сердце пса.

— Живет, но еле-еле, — робко прошептал он.

— Некогда рассуждать тут — живет, не живет, — засипел страшный Филипп Филиппович, — а я в седле! Все равно помрет... ах, ты че... к берегам священным... придаток давайте!

Борменталь подал ему склянку, в которой болтался на нитке в жидкости белый комочек. «Не имеет равных в Европе... ей-Богу!» — смутно подумал Борменталь. — Одной рукой Филипп Филиппович выхватил болтающийся комочек, а другой, ножницами, выстриг такой же в глубине где-то между распяленными полушариями. Шариков комочек он вышвырнул на тарелку, а новый заложил в мозг вместе с ниткой и своими короткими пальцами, ставшими точно чудом тонкими и гибкими, ухватился янтарною нитью его там замотать. После этого он выбросил из головы какие-то распялки, пинцет, мозг упрятал назад в костяную чашу, откинулся и уже поспокойнее спросил:

— Умер, конечно?

— Нитевидный пульс, — ответил Борменталь.

— Еще адреналину!

Профессор оболочками забросал мозг, отпиленную крышку приложил, как по мерке, скальп надвинул и взревел:

— Шейте!

Борменталь минут в пять зашил голову, сломав три иглы.

И вот на подушке появилась на окрашенном кровью фоне безжизненное потухшее лицо Шарика с кольцевой раной на голове. Тут же Филипп Филиппович отвалился окончательно, как сытый вампир, сорвал одну перчатку, выбросив из нее облако потной пудры, другую разорвал, швырнул на пол и позвонил, нажав кнопку в стене. Зина появилась на пороге, отвернувшись, чтобы не видеть Шарика в крови.

Жрец снял меловыми руками окровавленный клобук и крикнул:

— Папиросу мне сейчас же, Зина. Все свежее белье и ванну!

Он подбородком лег на край стола, двумя пальцами раздвинул правое веко пса, заглянул в явно умирающий глаз и молвил:

— Вот, черт возьми. Не издох! Ну, все равно издохнет. Эх, доктор Борменталь, жаль пса! Ласковый был, но хитрый.

## V

Тетрадь доктора Ивана Арнольдовича Борменталя. Тонкая, в писчий лист форматом. Исписана почерком Борменталя. На первых двух страницах он аккуратен, убористи четок, в дальнейшем размашист, взволнован, с большим количеством клякс.

*22 декабря 1924 года. Понедельник.*

История болезни.

Лабораторная собака, приблизительно 2-х лет от роду. Самец. Порода — дворняжка. Кличка — Шарик. Шерсть жидкая, кустами, буроватая, с подпалинами, хвост цвета топленого молока. На правом боку следы совершенно зажившего ожога. Питание до поступления к профессору плохое, после недельного пребывания — крайне упитанный. Вес 8 килограммов *(знак восклицательный)*.

Сердце, легкие, желудок, температура — в норме.

*23 декабря.* В 8.30 часов вечера произведена первая в Европе операция по профессору Преображенскому: под хлороформенным наркозом удалены яичники Шарика и вместо них пересажены мужские яичники с придатками и семенными канатиками, взятые от скончавшегося за 4 часа 4 минуты до операции мужчины 28 лет и сохранявшиеся в стерилизованной физиологической жидкости по профессору Преображенскому.

Непосредственно вслед за сим удален после трепанации черепной коробки придаток мозга — гипофиз и заменен человеческим от вышеуказанного мужчины.

Истрачено 8 кубиков хлороформа, 1 шприц камфоры, 2 шприца адреналина в сердце.

Показание к операции: постановка опыта Преображенского с комбинированной пересадкой гипофиза и яичек для выяснения вопроса о приживаемости гипофиза, а в дальнейшем о его влиянии на омоложение организма у людей.

Оперировал профессор Ф. Ф. Преображенский.

Ассистировал доктор И. А. Борменталь.

В ночь после операции: грозные повторные падения пульса. Ожидание смертного исхода. Громадные дозы камфоры по Преображенскому.

*24 декабря.* Утром — улучшение. Дыхание вдвое учащено. Температура 42. Камфора, кофеин под кожу.

*25 декабря.* Вновь ухудшение. Пульс еле прощупывается, похолодание конечностей, зрачки не реагируют. Адреналин в сердце и камфора по Преображенскому. Физиологический раствор в вену.

*26 декабря.* Некоторое улучшение. Пульс 180, дыхание 92. Температура 41. Камфора, питание клизмами.

*27 декабря.* Пульс 152, дыхание 50. Температура 39,8. Зрачки реагируют. Камфора под кожу.

*28 декабря.* Значительное улучшение. В полдень внезапный проливной пот. Температура — 37,0. Операционные раны в прежнем состоянии. Перевязка.

Появился аппетит. Питание жидкое.

*29 декабря.* Внезапно обнаружено выпадение шерсти на лбу и на боках туловища. Вызваны для консультации профессор по кафедре кожных болезней Василий Васильевич Бундарев и директор московского ветеринарного показательного института. Ими случай признан не описанным в литературе. Диагностика осталась неустановленной. Температура — нормальна.

*Запись карандашом:*

Вечером появился первый лай (8 ч. 15 мин.). Обращает внимание резкое изменение тембра и тона (понижение). Лай вместо слова «гау, гау» на слоги «а-о» по окраске отдаленно напоминает стон.

*30 декабря.* Выпадение шерсти приняло характер полного облысения. Взвешивание дало неожиданный результат — вес 30 кило за счет роста (удлинения) костей. Пес по-прежнему лежит.

*31 декабря.* Колоссальный аппетит.

*В тетради — клякса. После кляксы торопливым почерком.*

В 12 ч. 12 мин. дня пес отчетливо пролаял «А-б-ы-р»!!

*(В тетради перерыв, и дальше, очевидно, по ошибке от волнения написано):*

*1 декабря.* Перечеркнуто, поправлено: *1 января 1925 г.* Фотографирован утром. Отчетливо лает «Абыр», повторяя это слово громко и как бы радостно. В 3 часа *(крупными буквами)* засмеялся, вызвав обморок горничной Зины.

Вечером произнес 8 раз подряд слово «Абыр-валг», «Абыр»!

*Косыми буквами карандашом:* Профессор расшифровал слово «Абыр-валг», оно означает «Главрыба»!!! Что-то чудовищ...

*2 января.* Фотографирован во время улыбки при магнии. Встал с постели и уверенно держался полчаса на задних лапах. Моего почти роста.

*В тетради вкладной лист.*

Русская наука чуть не понесла тяжкую утрату.

История болезни профессора Ф. Ф. Преображенского.

В 1 час 13 мин. — глубокий обморок с профессором Преображенским. При падении ударился головой о ножку стула. Тинктура Валерианэ.

В моем и Зины присутствии пес (если псом, конечно, можно назвать) обругал профессора Преображенского по матери.

*Перерыв в записях.*

*6 января. (То карандашом, то фиолетовым чернилами.)*

Сегодня после того, как у него отвалился хвост, он произнес совершенно отчетливо слово «пив-ная». Работает фонограф. Черт знает, что такое!!!

Я теряюсь!

Прием у профессора прекращен. Начиная с 5 часов дня из смотровой, где расхаживает это существо, слышится явственная вульгарная ругань и слова: «Еще парочку».

*7 января.* Он произносит очень много слов: «Извозчик», «Мест нету», «Вечерняя газета», «Лучший подарок детям» и все бранные слова, какие только существуют в русском лексиконе.

Вид его странен. Шерсть осталась только на голове, на подбородке и на груди. В остальном он лыс, с дрябловатой кожей. В области половых органов — формирующийся мужчина. Череп увеличился значительно, лоб скошен и низок.

Ей-богу, я с ума сойду!

Филипп Филиппович все еще чувствует себя плохо. Большинство наблюдений веду я. *(Фонограф, фотографии).*

По городу расплылся слух.

Последствия неисчислимые. Сегодня днем весь переулок был полон какими-то бездельниками и старухами. Зеваки стоят и сейчас еще под окнами. В утренних газетах появилась удивительная заметка: «Слухи о марсианине в Обуховском переулке ни на чем не основаны. Они распущены торговцами с Сухаревки и будут строго наказаны». О каком, к черту, марсианине? Ведь это кошмар!

Еще лучше в «Вечерней» — написали, что родился ребенок, который играет на скрипке. Тут же рисунок — скрипка и моя фотографическая карточка, и под ней подпись: «Проф. Преображенский, делавший кесарево сечение у матери». Это — что-то неописуемое!.. Новое слово — «милиционер».

Оказывается, Дарья Петровна была в меня влюблена и свистнула карточку из альбома Ф.Ф. После того как прогнал репортеров, один из них пролез на кухню и так далее...

Что творится во время приема! Сегодня было 82 звонка. Телефон выключен. Бездетные дамы с ума сошли и идут.

В полном составе домком во главе со Швондером. Зачем — сами не знают.

*8 января.* Поздним вечером поставили диагноз. Ф.Ф., как истый ученый признал свою ошибку — перемена гипофиза дает не омоложение, а полное о ч е л о в е ч е н и е *(подчеркнуто три раза).* От этого его изумительное, потрясающее открытие не становится ничуть меньше.

Тот сегодня впервые прошелся по квартире. Смеялся в коридоре, глядя на электрическую лампу. Затем, в сопровождении Филиппа Филипповича и моем, он проследовал в кабинет. Он стойко держится на задних *(зачеркнуто)*... на ногах и производит впечатление маленького и плохо сложенного мужчины.

Смеялся в кабинете. Улыбка его неприятна и как бы искусственна. Затем он почесал затылок, огляделся, и я записал новое отчетливо произнесенное слово: «буржуи». Ругался. Ругань его методическая, беспрерывная и, по-видимому, совершенно бессмысленная. Она носит несколько фонографический характер: как будто это существо где-то раньше слышало бранные слова, автоматически, подсознательно занесло их в свой мозг и теперь изрыгает их пачками. А впрочем, я не психиатр, черт меня возьми!

На Филиппа Филипповича брань производит почему-то удивительно тягостное впечатление. Бывают моменты, когда он выходит из сдержанного и холодного наблюдения новых явлений и как бы теряет терпение. Так, в момент ругани он вдруг нервно выкрикнул:

— Перестань!

Это не произвело никакого эффекта.

После прогулки в кабинете общими усилиями Шарик был водворен в смотровую.

После этого мы имели совещание с Ф.Ф. Впервые, я должен сознаться, видел я этого уверенного и поразительно умного человека растерянным. Напевая по своему обыкновению, он спросил: «Что же мы теперь будем делать?» И сам же ответил буквально так: «Москшвея, да... „От Севильи до Гренады...". Москшвея, дорогой доктор...» Я ничего не понял. Он пояснил: «Я вас прошу, Иван Арнольдович, купить ему белье, штаны и пиджак».

*9 января.* Лексикон обогащается каждые пять минут (в среднем) новым словом, с сегодняшнего утра, и фразами. Похоже, что они, замерзшие в сознании, оттаивают и выходят. Вышедшее слово остается в употреблении. Со вчерашнего дня фонографом отмечены: «Не толкайся», «Бей его!», «Подлец», «Слезай с подножки», «Я тебе покажу», «Признание Америки», «Примус».

*10 января.* Произошло одевание. Нижнюю сорочку позволил надеть на себя охотно, даже весело смеясь. От кальсон отказался, выразив протест хриплыми криками: «В очередь, сукины дети, в очередь!» Был одет. Носки ему велики.

*В тетради какие-то схематические рисунки, по всем признакам изображающие превращение собачьей ноги в человеческую.*

Удлиняется задняя половина скелета стопы (Tarsus). Вытягивание пальцев. Когти.

Повторное систематическое обучение посещения уборной. Прислуга совершенно подавлена.

Но следует отметить понятливость существа. Дело вполне идет на лад.

*11 января.* Совершенно примирился со штанами. Произнес длинную веселую фразу, потрогав брюки Филиппа: «Дай папиросочку — у тебя брюки в полосочку».

Шерсть на голове — слабая, шелковистая. Легко спутать с волосами. Но подпалины остались, на темени. Сегодня облез последний пух с ушей. Колоссальный аппетит. С увлечением ест селедку.

В пять часов дня событие: впервые слова, произнесенные существом, не были оторваны от окружающих явлений, а явились реакцией на них. Именно, когда профессор приказал ему: «Не бросай объедки на пол», — неожиданно ответил: «Отлезь, гнида!»

Ф.Ф. был поражен, потом оправился и сказал:

— Если ты еще раз позволишь себе обругать меня или доктора, тебе влетит.

Я сфотографировал в это мгновенье Шарика. Ручаюсь, что он понял слова профессора. Угрюмая тень легла на его лицо. Поглядел исподлобья и довольно раздраженно, но стих.

Ура! Он понимает!

*12 января.* Закладывание рук в карманы штанов. Отучаем от ругани. Свистал «Ой, яблочко». Поддерживает разговор.

Я не могу удержаться от нескольких гипотез: к чертям омоложение пока что! Другое неизмеримо более важное: изумительный опыт профессора Преображенского раскрыл одну из тайн человеческого мозга. Отныне загадочная функция гипофиза

— мозгового придатка — разъяснена! Он определяет человеческий облик. Его гормоны можно назвать важнейшими в организме — гормонами облика. Новая область открывается в науке: безо всякой реторты Фауста создан гомункул! Скальпель хирурга вызвал к жизни новую человеческую единицу. Профессор Преображенский, вы — творец!!! *(Клякса.)*

Впрочем, я уклонился в сторону... Итак, он поддерживает разговор. По моему предположению, дело обстоит так: прижившийся гипофиз открыл центр речи в собачьем мозгу, и слова хлынули потоком. По-моему, перед нами оживший развернувшийся мозг, а не мозг, вновь созданный. О, дивное подтверждение эволюционной теории! О, цепь величайшая от пса до Менделеева-химика! Еще моя гипотеза: мозг Шарика в собачьем периоде его жизни накопил бездну понятий. Все слова, которыми он начал оперировать в первую очередь, — уличные слова, он их слышал и затаил в мозгу. Теперь, проходя по улице, я с тайным ужасом смотрю на встречных псов. Бог их знает, что у них таится в мозгах!

Шарик читал! Читал *(три восклицательных знака)*. Это я догадался. По главрыбе! Именно с конца читал. И я даже знаю, где разрешение этой загадки: в перекресте зрительных нервов собаки!

Что в Москве творится — уму непостижимо человеческому. Семь сухаревских торговцев уже сидят за распространение слухов о светопреставлении, которое навлекли большевики. Дарья Петровна говорила и даже называла точно число: 28 ноября 1925 года, в день преподобного мученика Стефана Земля налетит на небесную ось!! Какие-то жулики уже читают лекции. Такой кабак мы сделали с этим гипофизом, что хоть вон беги из квартиры! Я переехал к Преображенскому по его просьбе и ночую в приемной с Шариком. Смотровая превращена в приемную. Швондер оказался прав. Домком злорадствует. В шкафах ни одного стекла, потому что прыгал. Еле отучили.

С Филиппом что-то страшное делается. Когда я ему рассказал о своих гипотезах и о надежде развить Шарика в очень высокую психическую личность, он хмыкнул и ответил: «Вы думаете?» Тон его зловещий. Неужели я ошибся? Старик что-то придумал. Пока я вожусь с этой историей болезни, он сидит над историей того человека, от которого мы взяли гипофиз.

*В тетради вкладной лист.*

Клим Григорьевич Чугункин, 25 лет, холост. Беспартийный, сочувствующий. Судился 3 раза и оправдан: в первый раз благодаря недостатку улик, второй раз происхождение спасло, в третий — условно каторга на 15 лет. Кражи. Профессия — игра на балалайке по трактирам.

Маленького роста, плохо сложен. Печень расширена (алкоголь).

Причина смерти — удар ножом в сердце в пивной «Стоп-сигнал» у Преображенской заставы.

Старик, не отрываясь, сидит над климовской болезнью. Не понимаю — в чем дело. Бурчал что-то насчет того, что вот не догадался осмотреть в патолого-анатомическом весь труп Чугункина. В чем дело — не понимаю! Не все ли равно, чей гипофиз?

*17 января.* Не записывал несколько дней. Болел инфлюэнцей.

За это время облик окончательно сложился:

а) совершенный человек по строению тела,

б) вес около трех пудов,

в) рост маленький,

г) голова маленькая,

д) начал курить,

е) ест человеческую пищу,

ж) одевается самостоятельно,

з) гладко ведет разговор.

Вот так гипофиз! *(клякса).*

Этим я историю болезни заканчиваю. Перед нами новый организм, и наблюдать его нужно с начала.

Приложение: стенограммы речей, записи фонографа, фотографические снимки.

Подпись: ассистент профессора Ф. Ф. Преображенского, доктор Борменталь.